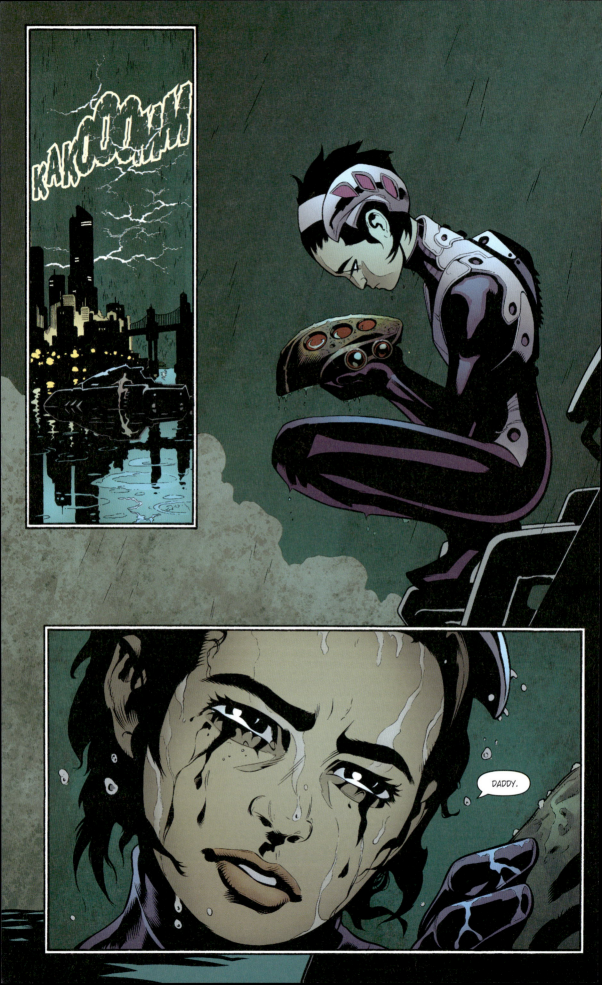

Neue Comics! im Mai!
DC COMICS™

HARLEY QUINN 7
Die mega-erfolgreiche Solo-Serie von **Harley Quinn**, der schärfsten Braut der **Suicide Squad**! Jokers durchgedrehte Ex und ihre **Harley-Gang** haben mächtig Ärger mit dem superstarken Seemann **Käpt'n Strong**. Darüber hinaus machen **Harley**, **Catwoman** und **Poison Ivy** eine gemeinsame Spritztour – die **Gotham City Sirens** sind wieder vereint!
Ab 3. Mai

FLASH 10
Barry Allen ist **Flash**, der schnellste Mann der Welt. Seit Jahren versucht er die Unschuld seines Vaters zu beweisen, der wegen des Mordes an seiner Mutter im Gefängnis sitzt. Doch auf einmal bricht **Henry Allen** mit mehreren Superschurken aus – und gleichzeitig macht sich der "Gelbe Flash" **Professor Zoom** mit seiner Armee bereit, Flash zu vernichten…
Ab 17. Mai

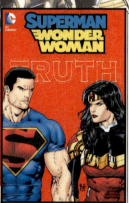

SUPERMAN/WONDER WOMAN 3
Superman hat den Großteil seiner Kräfte verloren. Ausgerechnet da werden seine Freunde in **Smallville** von einem übermächtigen Gegner angegriffen – von der US-Regierung! Und so müssen es Superman und **Wonder Woman** mit deren Killer-Truppe **Suicide Squad** aufnehmen… und schließlich kommt es im **Oval Office des Weißen Hauses** zum Treffen der mächtigsten Männer des Planeten!
Ab 17. Mai

CATWOMAN 8
Selina Kyle ist **Catwoman** – und die **Mafia-Patin** von **Gotham**! In diesem finalen Band der preisgekrönten Roman-Autorin **Genevieve Valentine** kommt es zur entscheidenden Auseinandersetzung zwischen Catwoman und ihrem skrupellosen Konkurrenten **Black Mask**. Artwork vom italienischen *Star Trek*-Zeichner **David Messina**.
Ab 3. Mai

CHECKLIST

3. MAI
BATMAN: EUROPA 1 (VON 2)
68 S. - Heft - € 5,99

BATMAN 48
68 S. - Heft - € 4,99

HARLEY QUINN 7
100 S. - Softcover - € 12,99

SUPERMAN 48
60 S. - Heft - € 4,99

NIGHTWING PAPERBACK 5
204 S. - Softcover - € 16,99

CATWOMAN 8
148 S. - Softcover - € 16,99

10. MAI
GOTHAM ACADEMY 1
132 S. - Softcover - € 16,99

BATMAN OF THE FUTURE 1
148 S. - Softcover - € 16,99

SECTION EIGHT
148 S. - Softcover - € 16,99

BATMAN ETERNAL PAPERBACK 2 (VON 5)
228 S. - Softcover - € 19,99

17. MAI
JUSTICE LEAGUE 48
68 S. - Heft - € 4,99

ROBIN – DER SOHN DES DUNKLEN RITTERS 1
156 S. - Softcover - € 16,99

SUPERMAN/WONDER WOMAN 3
108 S. - Softcover - € 12,99

FLASH 10
100 S. - Softcover - € 12,99

24. MAI
LOBO COLLECTION 2
188 S. - Softcover - € 19,99

FINDET UNS IM NETZ:

PaniniComicsDE

Erhältlich am Bahnhofskiosk, im Comic-Shop oder unter
www.paninicomics.de

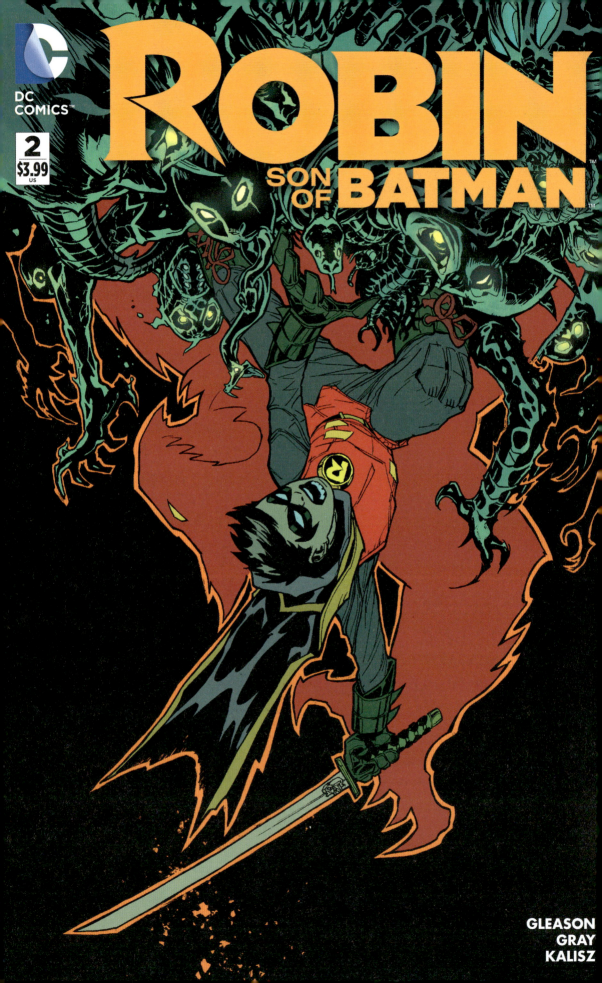

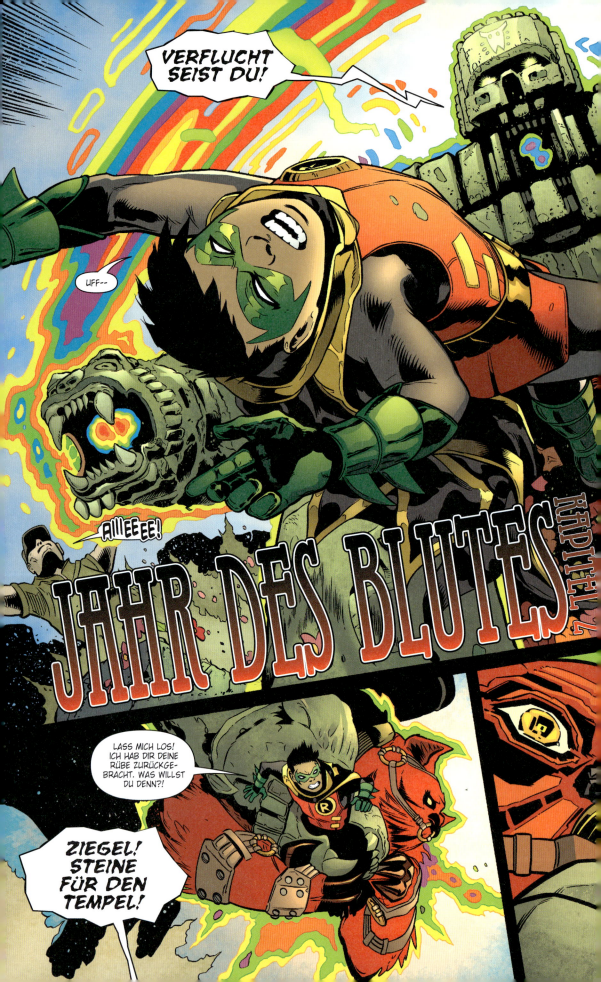

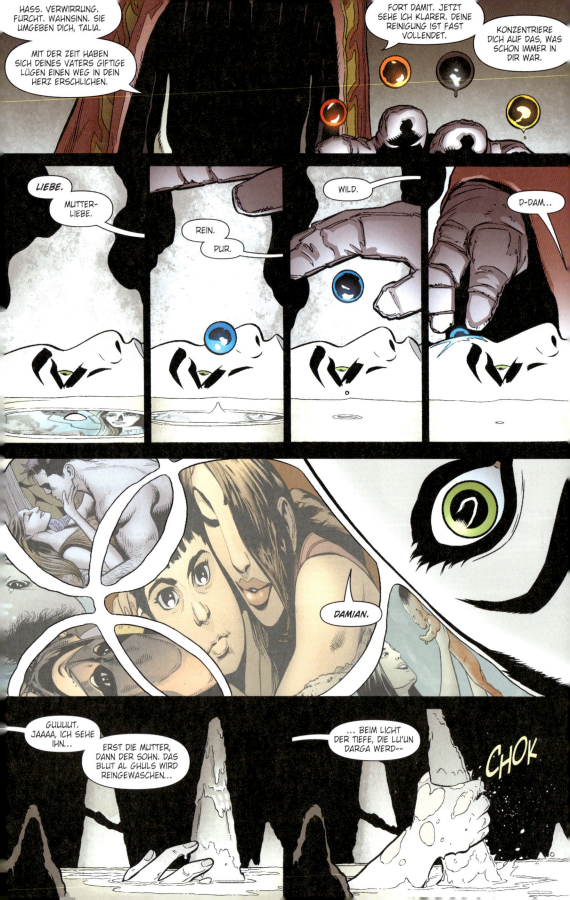

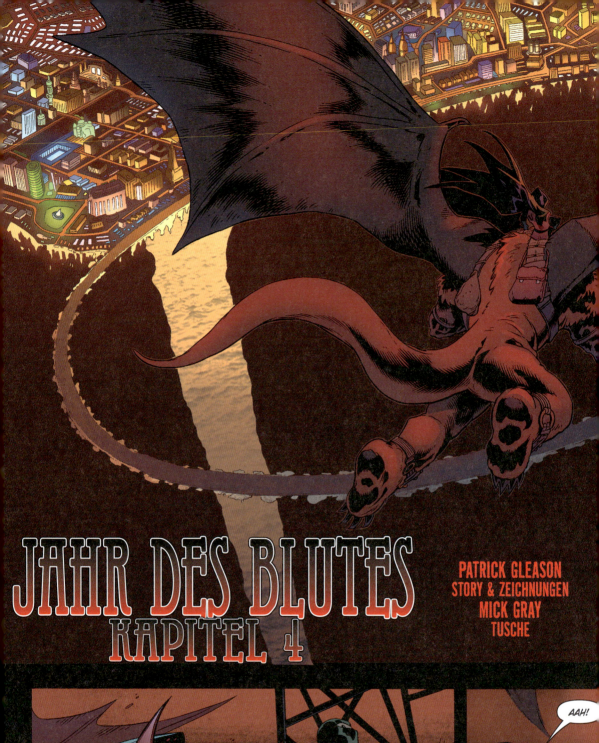

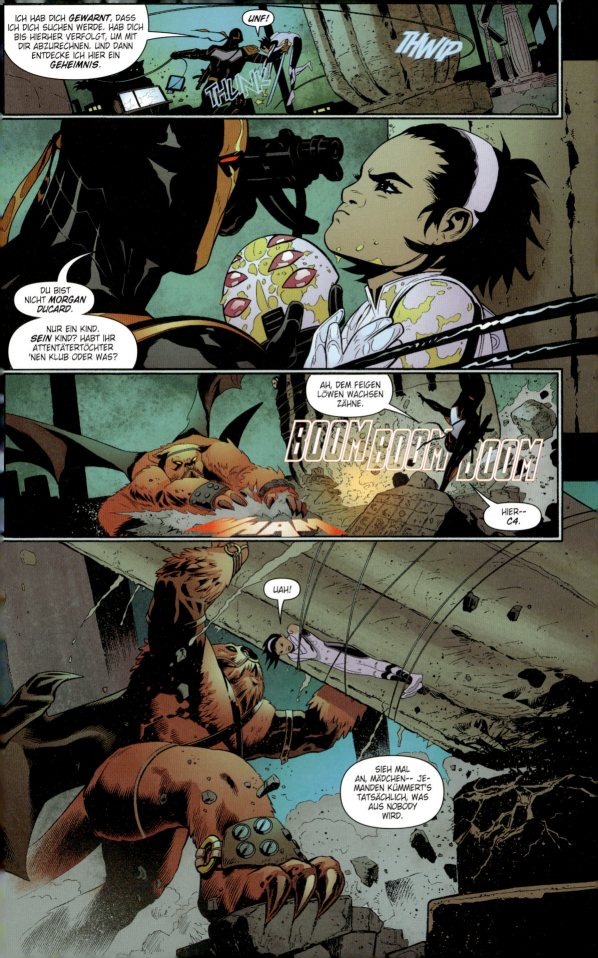

JAHR DES...
KAPITEL

PATRICK GLEASON
STORY & ZEICHNUNGEN

JOHN KALISZ
FARBEN

MICK GRAY
TUSCHE

MARC SCHMITZ
ÜBERSETZUNG

BLUTES
5

WALPROJECT
LETTERING
REBECCA TAYLOR & MARK DOYLE
REDAKTION USA
BATMAN GESCHAFFEN VON BOB KANE MIT BILL FINGER.

BATMAN UND ROBIN
DIE KOMPLETTE SERIE!

1: GEBOREN ZUM TÖTEN

6: DIE JAGD NACH ROBIN

2: TERMINUS

4: REQUIEM

7: ROBIN RISES

3: JOKERS TODESSPIEL

5: BRENNENDE HERZEN

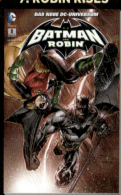

8: SUPER-ROBIN

FINDET UNS IM NETZ:

PaniniComicsDE

Erhältlich im Comic-Shop, Buchhandel, oder unter www.paninicomics.de

TM & © 2016 DC Comics. All Rights Reserved.

JAHR DES BLUTES
KAPITEL 6

PATRICK GLEASON STORY & ZEICHNUNGEN
MICK GRAY & TOM NGUYEN TUSCHE **JOHN KALISZ** FARBEN **MARC SCHMITZ** ÜBERSETZUNG
WALPROJECT LETTERING **REBECCA TAYLOR & MARK DOYLE** REDAKTION USA
BATMAN GESCHAFFEN VON BOB KANE MIT BILL FINGER.

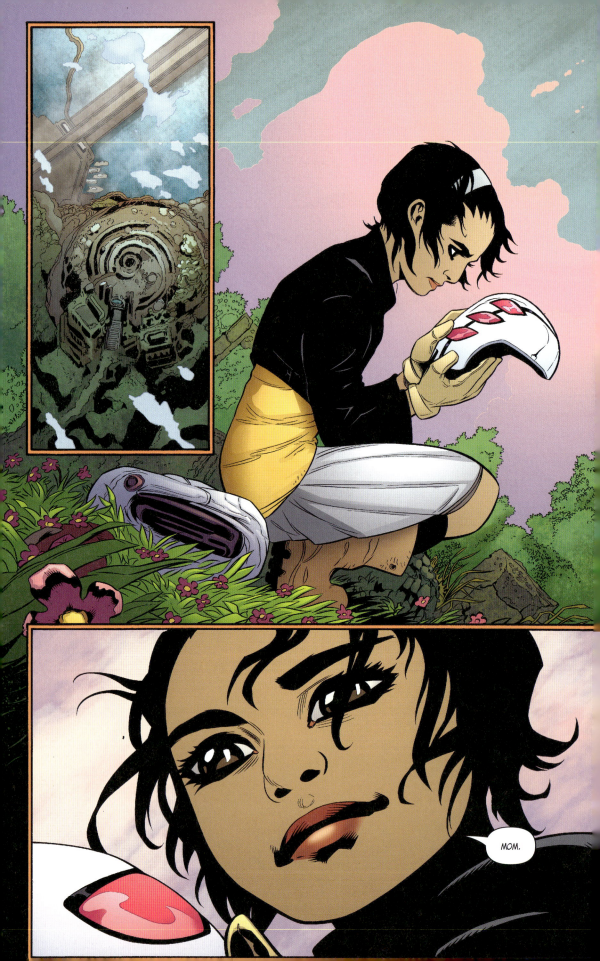

GRIMMIGER WUNDERKNABE
von Christian Endres

AUTOR & ZEICHNER
Der in Minnesota lebende und arbeitende **Patrick Gleason** ist seit über fünfzehn Jahren als Zeichner auf dem US-Markt aktiv und gestaltete bereits die Abenteuer von **Aquaman** und des **Green Lantern Corps**. Mit **Geoff Johns**, **Peter J. Tomasi** und anderen Kreativen arbeitete er zunächst an BRIGHTEST DAY zusammen, ehe Tomasi und Gleason gemeinsam BATMAN & ROBIN von Damians Schöpfer **Grant Morrison** übernahmen. An dieser viel gelobten Batman-Serie, die neben BATMAN INCORPORATED einen Großteil der Vorgeschichte zu diesem Band enthält, wirkten auch der erfahrene Tuscher **Mick Gray** und der seit den 90ern als Kolorist glänzende **John Kalisz** mit, die Gleasons Artwork veredelten. Was denkt ihr nach der Lektüre – emanzipiert sich der famose Zeichner Pat Gleason, der davor lediglich mal eine illustrierte Prosa-Kurzgeschichte verfasst hat, jetzt erfolgreich als Autor? Diskutiert in unserem Forum über das Multitasking des Mr. Gleason!

SUPER-AGENT GRAYSON
In unserem fetten GRAYSON MEGABAND 1 erfinden **Tim Seeley**, **Tom King**, **Mikel Janín** u. a. den **ersten Robin** alias **Dick Grayson** als Super-Geheimagent von **Spyral** neu. Ein genialer Comic zwischen Helden- und Spionage-Action, ja, zwischen dem Schaffen von Comic-Gott **Warren Ellis** und **James Bond**-Erfinder **Ian Fleming**, den man nicht oft genug empfehlen kann. So habt ihr Grayson oder irgendeinen anderen Robin noch nie zuvor gesehen! Im seitenstarken Auftaktband gibt es sogar eine Episode, in der Damian und Dick nach dessen vorgetäuschtem Tod erstmals zusammentreffen.

ROBIN-EVENTS
Im Anschluss an diesen Sonderband geht es zunächst in ROBIN WAR weiter, einem Robin-Event, das neben dem **Rat der Eulen** alle möglichen Wunderknaben der Vergangenheit und Gegenwart involviert und von uns wohl in zwei Sonderbänden veröffentlicht wird. Im Sommer startet außerdem die neue Serie BATMAN & ROBIN ETERNAL im Sonderbandformat, Nachfolger der Heft-Serie BATMAN ETERNAL, die sich konzeptionell stark an modernen TV-Highlights orientiert. **Tony S. Daniel**, **Scott Snyder** und weitere Talente inszenieren eine epische Fortsetzungsgeschichte, in der Dick, **Red Robin**, **Red Hood** und Co. in Batmans Abwesenheit mit den Nachwehen eines verstörenden Falles klarkommen müssen, an dem Batman und Robin vor vielen Jahren arbeiteten. Nicht zu vergessen das überraschende WE ARE ROBIN 1, in der es **Gotham** mit einer Flut an Robins zu tun bekommt…

Schickt eure E-Mails an
dc@paninicomics.de

FINDET UNS IM NETZ:

www.paninicomics.de

PaniniComicsDE

NIGHTWING 5
Dick Grayson trifft in **Gotham** noch einmal auf seine alte Flamme **Batgirl**. In Chicago bekommt es **Nightwing** mit alten und neuen Feinden zu tun und schließlich heißt es: **Ruhe in Frieden, Nightwing!** Das Ende einer Ära und die Vorgeschichte zum neuen Serien-Kracher GRAYSON!
AB 3. MAI

GOTHAM ACADEMY 1
An der von **Bruce Wayne** finanzierten Privatschule **Gotham Academy** warten nicht nur romantische Verstrickungen, sondern auch gefährliche Geheimnisse! Sogar der eine oder andere Superschurke schleicht auf dem Schulgelände herum, und das ruft **Batman** auf den Plan…
AB 10. MAI

SUPERMAN/WONDER WOMAN 3
Superman hat den Großteil seiner Kräfte verloren. Ausgerechnet da werden seine Freunde in **Smallville** von einem übermächtigen Gegner angegriffen – von der US-Regierung! Und so müssen es Superman und **Wonder Woman** mit der **Suicide Squad** aufnehmen!
AB 17. MAI

VORSCHAU

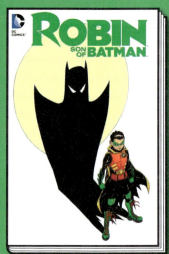

ROBIN – DER SOHN DES DUNKLEN RITTERS 2
Wie geht es nach dem unglaublichen **Krieg der Robins** mit **Damian** und seinem Streben nach Wiedergutmachung für seine alten Sünden weiter? Die Antwort gibt es voraussichtlich im zweiten Sonderband der neuen **Robin**-Solo-Serie von Autor und Zeichner **Patrick Gleason**!
AB 6. DEZEMBER!